DANIEL MUNDURUKU

Ilustrações de
MARILDA CASTANHA

ESTAÇÕES

1ª edição

MODERNA

TEXTO © DANIEL MUNDURUKU, 2024
ILUSTRAÇÕES © MARILDA CASTANHA, 2024
1ª edição, 2024

DIREÇÃO EDITORIAL
Maristela Petrili de Almeida Leite

COORDENAÇÃO DE EDIÇÃO DE TEXTO
Marília Mendes

EDIÇÃO DE TEXTO
Ana Caroline Eden

COORDENAÇÃO DE EDIÇÃO DE ARTE
Camila Fiorenza

DIAGRAMAÇÃO
Cristina Uetake e Michele Figueredo

ILUSTRAÇÕES DE CAPA E MIOLO
Marilda Castanha

COORDENAÇÃO DE REVISÃO
Rafael Gustavo Spigel

REVISÃO
Nair Hitomi Kayo

COORDENAÇÃO DE *BUREAU*
Everton L. de Oliveira

PRÉ-IMPRESSÃO
Ricardo Rodrigues, Vitória Sousa

PRODUÇÃO INDUSTRIAL
Wendell Monteiro (Gerência), Gisely Iácono (coordenação), Fernanda Dias, Renee Figueiredo, Silas Oliveira, Vanessa Siegl (produção), Cristiane de Araújo, Eduardo de Souza, Tatiane B. Dias (PCP)

IMPRESSÃO E ACABAMENTO
A.S. Pereira Gráfica e Editora EIRELI

LOTE:
794084 - Código 120009399

Dados Internacionais de Catalogação na Publicação (CIP)
(Câmara Brasileira do Livro, SP, Brasil)

Munduruku, Daniel
  Estações / Daniel Munduruku ; ilustrações de Marilda Castanha.
— 1. ed. — São Paulo : Santillana Educação, 2024. — (Girassol)
  ISBN 978-85-527-2930-3
  1. Literatura infantojuvenil I. Castanha, Marilda. II. Título. III. Série.
24-200060   CDD-028.5

Índices para catálogo sistemático:
1. Literatura infantil 028.5
2. Literatura infantojuvenil 028.5
Cibele Maria Dias – Bibliotecária – CRB-8/9427

Reprodução proibida. Art.184 do Código Penal e
Lei 9.610 de 19 de fevereiro de 1998.

Todos os direitos reservados.
EDITORA MODERNA LTDA.
Rua Padre Adelino, 758 – Quarta Parada
São Paulo – SP – Brasil – CEP 03303-904
Vendas e Atendimento: Tel. (11) 2790-1300
www.moderna.com.br
2024
Impresso no Brasil

LEITURA EM FAMÍLIA
Dicas para ler
com as crianças!
http://mod.lk/leituraf

Para Luiza de Aquino Alvarenga e Helena de Aquino Coura, primaveras que florescem trazendo esperanças ao mundo.

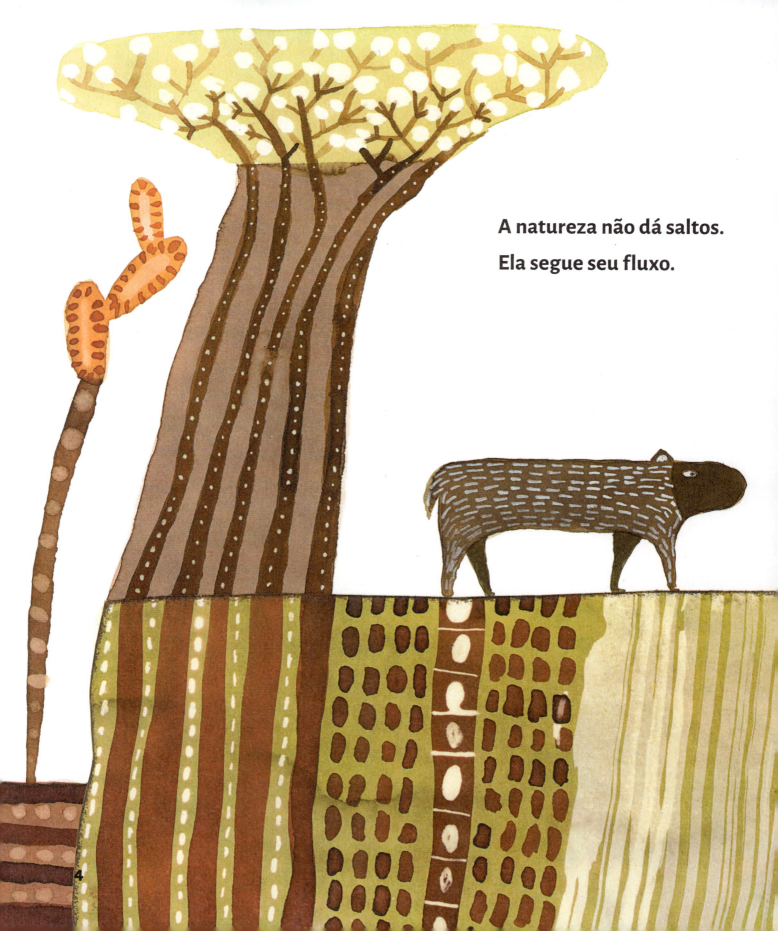

A natureza não dá saltos.
Ela segue seu fluxo.

Sem pressa, sem pressão.

Generosa sabe dar e receber.

Em pura comunhão, em pura partilha.

Natureza é estação.

Tem tempo para começar e tempo para terminar.

Uma não atropela a outra.

A natureza não planeja, não se estressa.

Nem corre atrás do tempo

porque ela mesma é o seu tempo.

A cada dia, sua preocupação.

Primavera não deseja ser verão.

Ao outono não importa o inverno.

Cada estação apenas vai,

com a paciência de quem sabe ser.

Natureza é como gente. Passa.

Gente é como natureza. Passa.

A criança/primavera sabe florir. Sorrir.

Tem o hoje para viver. Sabe e precisa ser.

O jovem/verão é quente, ágil, rápido, intenso.
É rito de passagem.

O adulto/outono é a origem.
Gestação. É metamorfose.

Recolhimento, sabedoria é a velhice/o inverno, ponto de ligação entre o começo e o fim. Ensina tudo que sabe num abraço ancestral.

O humano, quando natureza,
vive o presente como presente.
Observa e sabe esperar.

Observa a chuva e sabe dançar.

Olha os pássaros e sabe cantar.

Admira os bichos e sabe pintar.

Olha tudo. E agradecido (por ser gente, bicho, árvore, peixe, planta, inseto) vive o presente recebido.

Vida longa ou vida breve.

Vida dura ou vida leve.

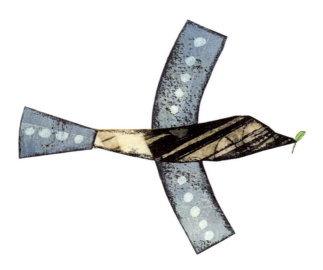

Tudo gira, tudo respira.

Sobre o autor

Sou um educador que escreve e um escritor que educa. As palavras são minha ferramenta para aproximar o mundo onde eu nasci e cresci – dentro de uma aldeia Munduruku – ao mundo de que aprendi a gostar – o mundo da grande cidade. Nenhum é melhor que o outro, mas eles se complementam dentro de mim fazendo brotar as histórias que agora conto.

Nasci na aldeia, mas estudei na cidade. Fiz um caminho pelo mundo do conhecimento e pude aprender coisas que me ajudaram a compreender os lugares por onde caminho. Estudei muito e me tornei professor; estudei muito e me tornei escritor; estudei muito e aprendi que nem todo estudo do mundo nos torna melhor que ninguém. Quem me ensinou isso foi meu avô, homem sábio que carrego comigo como um livro cheio de histórias. Quando quero ensinar algo, primeiro fecho os olhos para ouvir as vozes do meu coração. O silêncio é o meu melhor professor.

Daniel Munduruku

Sobre a ilustradora

Ainda estudante de Belas Artes da UFMG, em Belo Horizonte (a mesma cidade em que nasci), fui fisgada pela ilustração e pela possibilidade de fazer, das imagens, narrativas. E de lá para cá participei de exposições (no Brasil e no exterior), tive a alegria de receber prêmios importantes (como o Jabuti, da Câmara Brasileira do Livro, e o Purple Island do Nami Concours, na Coreia do Sul). Aos poucos a ilustração se tornou, para mim, uma escolha e uma forma de compartilhar histórias e também fazer amigos. Digo isto por que *Estações* nasceu exatamente do encontro com um grande amigo, o escritor Daniel Munduruku. Conversa vai, conversa vem, combinamos de juntarmos nossas "autorias" de texto e imagens! Por isso é um contentamento poder dividir, com leitoras e leitores de todas as idades, nossas *Estações*.

Marilda Castanha